taupe & mulot

Bonnet blanc et blanc bonnet

Henri Meunier
& Benjamin Chaud

hélium

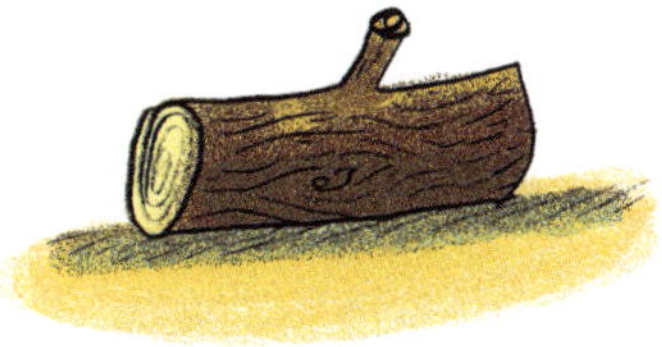

La bûche

Pianotant sur les pistons d'une trompette, Taupe fredonne un air de Mouse Davis. Pom pom pom ! Il tricote avec fougue afin de se dégourdir les pattes, tout endolories d'avoir toqué longuement à la porte de Mulot dans la bise hivernale.

— Dès les premiers froids, Mulot vit comme une taupe : il somnole toute la journée, peste-t-il. Heureusement que j'ai du coffre, il va falloir s'époumoner !

— Allô... bafouille Mulot, ensommeillé. À qui ai-je l'honneur et que puis-je ?

— Tu as l'honneur de Taupe et tu puis-je me faire la lecture, mon ami ! Je ne suis pas au téléphone, je suis juste devant toi. Je reviens du bibliobus avec une merveille sous le bras ! claironne Taupe en embrassant Mulot. Le rat de bibliothèque tient ce récit d'aventures pour un chef-d'œuvre ! Hélas les caractères d'imprimerie sont tout petits et avec ma vue tremblotante, je ne parviens pas à le lire.

— Une après-midi de lecture au coin du feu... oumpfff... splendide activité hivernale, ânonne Mulot d'une voix pâteuse. Aurais-tu la gentillesse de me servir un café ? J'ai besoin de me remettre à l'endroit.

— C'est comme si c'était fait. Avant cela, permets-moi de rétablir un peu l'harmonie de ton gourbi. Hop, hop, hop. Et ton feu. Il est aussi apathique que toi, mon cher Mulot ! J'y jette une bûche pour qu'il reprenne des joues ! annonce Taupe en s'éclipsant vers la cuisine.

— Ton café est servi, cher ami.

— Allô... bredouille Mulot somnolant.

— Et tâche de ne plus sombrer, marmotte, je manque de souffle, s'impatiente Taupe. Commence donc cette histoire, veux-tu ?

— J'y viens, bâille Mulot. Me passerais-tu le livre, s'il te plaît ?

— Il est sur la table, juste devant toi ! affirme Taupe.

— À gauche ou à droite de la bûche ? le questionne Mulot.

— De la bûche ? s'alarme Taupe. Hum, voilà qui est troublant !

— Aurais-tu confondu mon livre avec un bête bout de bois ? suspecte Taupe. Ta distraction ne connaît-elle aucune limite, mon ami ? Eh bien, que cette infortune soit notre chance. Nous cherchions l'aventure, elle est là. Rester léger dans l'adversité et ne pas se résigner, n'est-ce pas le propre des gentilshommes de fortune ? Nous sommes privés de livre ? Eh bien, nous lirons la bûche, et voilà tout ! Je sais parfaitement lire les bûches. Accroche-toi flibustier, un souffle épique va encanailler ton salon ! poursuit-il, hâbleur.

— Chapitre un, attaque Taupe, tonitruant. Certains hommes naissent rois. D'autres le deviennent. Si le chemin à parcourir est moins long qu'on ne le pense, il est plus périlleux qu'on ne le dit. *L'Odyssée* de David Balfouine en est l'authentique témoignage.

— Elle démarre sur les chapeaux de roues, cette histoire ! s'emballe Mulot. Je suis impatient d'en entendre la suite.

De péripéties en mésaventures, Taupe invente une histoire où les flibustiers et les cœurs des jeunes filles tombent comme feuilles en automne. Son héros gambille avec innocence de pièges en chausse-trappes. C'est une symphonie fougueuse et de bing et de bang.
Un ouragan de mots balaye le salon.
— Pitié, Taupe, pitié, frissonne Mulot. La suite, vite !

Un chapitre pousse l'autre. Taupe cabotine, détonne, cabriole, pleure, meurt, renaît, rêve, sue, grisaille, minaude, tempête, tempère, rate, rote, rit, rêve, brigande, brave, houspille,

pactise, persifle, rêve, vogue, vague, rame, sabre, plombe, plume, rêve, rêve, rêve toujours, au diapason de son histoire.

— Grâce ! ahane Mulot. Encore un peu.

Cent trois chapitres plus loin, tout vacille soudain. Taupe est épuisé. Une larme à la lunette, il ne conte plus, il chante. À petits mots feutrés, son épopée s'éteint. Comme le feu au-dedans. Comme le jour au-dehors.

— Oh, Taupe, quel conteur tu fais, le remercie Mulot. J'ai le cœur qui bat à rompre et la bouche plus sèche que l'âme d'un mercenaire. Je vais de ce pas nous préparer un souper. Après tant d'émotions, un réconfort s'impose.

— Crois-tu que le rat de bibliothèque acceptera que je lui retourne cette bûche à la place du livre que j'avais emprunté ? s'inquiète Taupe au moment de partir.

— Pourquoi non ? Cette bûche vaut tous les romans du monde ! Quel olibrius oserait priver ses lecteurs d'un chef-d'œuvre pareil ! s'enflamme Mulot.

Premier **flocon**

Pok.

« Quel rêve étrange », songe Mulot engourdi en lapant une gorgée de thé froid.

Pok.

« Au moins, ce bruit à ma porte, je ne l'ai pas rêvé. Ce doit être encore une facétie de Taupe. Allons, debout, paresseux ».

Mulot s'arrache au confort de son fauteuil et se dirige vers sa porte d'un pas mal assuré.

Pok.

« Rendez-vous dans la clairière pour une petite bataille de boules de neige. N'oublie pas tes moufles. Signé : Taupe. »

— Il n'y a pas la moindre trace de neige et Taupe fait déjà provision de boules, relève Mulot, réjoui. En route ! Mieux vaut ne pas faire attendre pareil énergumène.

Mulot s'enroule dans un manteau d'hiver, il chausse ses bottes doublées, coiffe sa chapka, enfile ses moufles, son cache-nez. Mais il a encore froid.

— Cache-nez, cache-nez. Ce nom est impropre. C'est que j'ai un museau avantageux, moi ! s'agace-t-il.

Les vibrisses vibrionnantes, il se presse vers son rendez-vous en sautillant tel un bibendum aux grâces de ballerine.

Une bataille de boules de neige sans neige avec Taupe, quelle fête !

— Tu devrais lever une jambe et lancer les bras, la pose serait plus dynamique ! plaisante Mulot en découvrant Taupe immobile au cœur de la clairière.

— J'attends que la neige tombe ! Je prends le pari que je gobe un premier flocon avant toi, lui répond Taupe imperturbable. Trois noisettes !

— Tu gagneras un torticolis avant tes trois noisettes, le taquine Mulot. Le ciel est bien un peu pâlot et la température basse, mais de là à espérer qu'il neige dans les heures à venir, il y a un gouffre.

— Toi, c'est une pneumonie que tu vas attraper, à te promener en chemisette hawaïenne. Frileux comme tu es, tu aurais dû te couvrir un peu. Quant à la météo, le fond de l'air est humide, piquant, légèrement acide. Cela ne trompe pas. La neige va tomber sous peu, prophétise Taupe.

— La chance sourit aux optimistes, c'est avéré. Trois noisettes pour toi s'il neige, mise Mulot. Et je relance à six noisettes ton pari à qui gobera le premier flocon ! À fixer le ciel, nous aurons au moins le privilège d'admirer les nuées d'étourneaux ! Quelle coordination. Quel incroyable ballet aérien !

— Oooooh, tu avais raison, admet Mulot, admiratif. Je te dois trois noisettes.

— J'en aurai neuf ! se rengorge Taupe. Mais je t'en donnerai cinq pour te consoler d'avoir perdu deux fois.

— Rien ne sert de t'agiter ainsi, ami. Tu auras beau courir en tous sens, un flocon va se poser directement sur ma langue avant que tu parviennes à en gober un.

— Penses-tu ? Adroit comme je suis, je ne serai pas long à attraper le premier flocon, se vante Mulot.

— Frrrrr. Frrr. Splitch, s'étrangle Mulot.

— Mon pauvre ami, tu t'es montré trop empressé. Tu as dû l'avaler de travers, ce premier flocon, compatit Taupe. Tu veux que je te tape dans le dos ?

— Frrrr. Ce flocon était laiteux et d'une saveur douteuse, s'étouffe Mulot.

— Sont-ils espiègles, ces étourneaux ! Qu'importe, la victoire reste tienne. La différence entre une fiente d'oiseau et un flocon de neige est mince dans la bourrasque. Et c'est toi qui as eu la chance de le gober.

— La chance est comme un flocon de neige qui chancelle dans le vent. La question n'est pas seulement d'y croire, il faut savoir s'en saisir. Ta belle démonstration vaut largement six noisettes, philosophe Taupe.

— Quelle jolie image, Taupe ! La chance, comme un flocon de neige. Elle danse autour de nous aujourd'hui, le sens-tu ? sourit Mulot.

— La chance tourbillonne toujours autour de nous quand nous sommes ensemble, Mulot. Toujours !

La pétanque

— Une pétanque ! Mais la pétanque est un jeu estival ! s'étonne Mulot.

— Mes envies de pétanque ne sont pas soumises au calendrier, voilà tout ! Oublions les batailles de boules de neige pour aujourd'hui ! s'emporte Taupe. J'ai apporté des bobs pour tranquilliser les plus conventionnels d'entre nous !

— Tu as raison, n'ergotons pas davantage. Où sont les boules ? demande Musaraigne.

— Cette petite pomme de pin fera un superbe cochonnet, explique Taupe. Quant aux boules, eh bien, nous pourrions les fabriquer avec de la neige, non ?

— Pour changer, plaisante Écureuil.

— Les amis, ma vue est moins fine que dans mes jeunes années. Je crains d'être désavantagé à ce jeu de précision. Par souci d'équité, je suggère que l'on se bande tous les yeux. Hibou excepté : il s'est offert d'être arbitre, comme à son habitude, avance Mulot avec diplomatie.

— D'accord, ce sera plus amusant ! approuve Musaraigne.

—Si c'est plus confortable pour Mulot, c'est avec plaisir, apprécie Taupe en tapotant le bras de son ami d'une main reconnaissante.

—Règle numéro un : tout le monde doit se bander les yeux ! tranche Hibou. Même si, pour un jeu de visée, c'est plutôt hurluberlu, soupire-t-il en levant au ciel des yeux amusés.

— Puisque les deux équipes sont prêtes, que la partie commence ! annonce Hibou.

— À tout seigneur, tout honneur, suggère Musaraigne, laissant à l'équipe de Taupe le soin d'ouvrir la partie.

— Commence, Taupe, acquiesce Écureuil.

— **S**uperbe coup, Taupe ! arbitre Hibou d'une voix austère. Ta boule est à moins de trois centimètres du cochonnet. En revanche, la tienne est hors jeu, Écureuil.

— Je vais dégager la boule de Taupe d'un carreau, plastronne Mulot en lançant une boule de toutes ses forces.

—Je suis sûre que tu l'as fait exprès, râle Belette qui passait par là, de retour du marché. Tu ne perds rien pour attendre.

—Je visais la boule de Taupe. Je suis désolé, assure Mulot.

Mais un sourire malicieux modère ses excuses.

— Oh, mais c'est ce que je vais viser aussi, bien sûr. Gare à toi ! grommelle Belette.

— On ne peut plus chercher tranquillement des racines dans cette forêt, s'agace Lérot.

— Je visais le cochonnet, se justifie Belette, confuse.

— J'ai un don pour la pétanque, moi aussi, ça tombe bien, rouspète Lérot.

—Vous devez vous bander les yeux.
C'est la règle ! rappelle Hibou.

—Pop pop pop, c'est à mon tour. Je tireu ou je pointeu ? glousse Écureuil.

— Quelle formidable partie de pétanque ! s'enflamme Taupe en lançant une boule dans la direction de Mulot.

— La plus folle depuis longtemps, répond Musaraigne visant Taupe au jugé.

Jusqu'ici, je trouvais la pétanque un peu plan-plan, mais l'hiver, avec les yeux bandés, c'est résolument plus drôle !

— Hou hou, vous n'êtes pas sérieux, leur lance maître Hibou amusé.

— Ha, ha, ha. Non, et c'est heureux, le gris ne nous vaut rien, répond Mulot, qui, faisant fi des règles, jette un œil par-dessous son bandeau pour ajuster le bec de l'arbitre. L'esprit de sérieux est l'apanage de ceux qui manquent d'esprit tout court !

— Et par bonheur, notre forêt est absolument dépourvue d'un tel individu, ajoute Taupe en redoublant la mise.

taupe & mulot

Bonnet blanc et blanc bonnet

La bûche

Premier flocon

La pétanque

D'autres aventures
de taupe & mulot, à lire
dans l'ordre que tu veux :

Loi n° 49 956 du 16 juillet 1949
sur les publications destinées à la jeunesse
helium-editions.fr
N° d'édition : JE 447
ISBN : 978-2-330-15345-8
Dépôt légal : second semestre 2021

Conception graphique : Katie Fechtmann
Imprimé par Graphius en Belgique en mai 2021